Le passage

Suivi de

Gipsy, le petit teckel

Et de

L'héritier

Sophie Chalandry

Le passage

Suivi de

Gipsy, le petit teckel

Et de

L'héritier

© 2019 Sophie Chalandry
Blog : http://sophierichardlanneyrie.overblog.com/
Contact auteur : sophie.chalandry@laposte.net

Edition : BoD - Books on Demand
12/14 rond-point des Champs Elysées
75008 Paris
Imprimé par BoD – Books on Demand, Norderstedt
ISBN : 978-2-***3220-1615-0***
Dépôt légal : ***Mai 2019***

Du même auteur aux éditions BOD :

Zérina à l'oreille en or *suivi du* **Dictionnaire** *et* **d'un Musée qui dort.**

Les grandes histoires de la mythologie

Le passage

Chapitre 1

Margareth Leduc était heureuse. Il faisait beau ce matin et elle allait pouvoir profiter pleinement de la journée.

Elle s'habilla en hâte et descendit rejoindre la mouvance de la rue.

Dehors, la vie s'éveillait. Le ciel était bleu. Déjà, malgré l'heure matinale, les commerçants ouvraient leur magasin se dépêchant pour que tout soit prêt pour recevoir les premiers clients. Les badauds se pressaient dans les bouches de métro qui les emmèneraient à leur travail.

Maggi entra dans une boulangerie et demanda une baguette de pain.

- Ca y'est cette fois Madame Leduc, c'est le grand jour pour vous ! » lui dit la boulangère d'un air goguenard. Cela doit vous faire tout drôle ?
- Ne croyez pas cela, on s'y habitue très vite ! Au revoir Madame » lui répondit Maggi.

De nouveau dans la rue, Maggi respira à pleins poumons l'air qui lui arrivait jusqu'aux narines. Hélas, ce n'était qu'une odeur d'essence sortant des pots d'échappements, un air vicié et pollué qui ne l'encouragea guère à continuer.

Elle descendit la rue principale et se retrouva dans le parc national de la vile. Là, enfin, il faisait bon respirer et profiter de la vie.

Peu de gens se trouvaient dans le parc à cette heure matinale et Maggi espéra pouvoir se promener quelques minutes au calme et au bon air.

Pourtant, tout en marchant, il lui sembla qu'on l'épiait. Elle regarda mais ne vit personne aux alentours. Elle avait beau scruter le paysage : elle était seule.

Elle continua son chemin en pensant que cette impression état le fruit de son imagination qui, dans sa pauvre tête bien âgée maintenant, commençait à lui jouer des tours.

Elle s'approcha du lac où elle aimait venir après son travail pour profiter de ce calme, de cette infinitude de l'eau, qui la rendait paisible.

Mais, alors qu'elle observait un cygne majestueux dans sa robe blanche, elle entendit un froissement de feuilles derrière elle. Elle se retourna aussi précipitamment que lui permettait son grand âge, mais elle ne vit personne.

Pourtant, maintenant, elle en était sure : on la suivait.

Elle jeta un nouveau regard vague vers le cygne mais ne le vit plus. Sans doute était-il parti se cacher dans un recoins du lac supposa-t-elle.

Elle décida de rentrer au plus vite. Elle gravit en hâte les escaliers qui menaient à son appartement, entra la clé dans la serrure…mais ne parvint pas à ouvrir la porte. Elle essaya plusieurs fois, sans succès. De guerre lasse, elle se décida à aller chercher un serrurier pour qu'il lui vienne en aide.

Chapitre 2

Arrivée devant la devanture du magasin du serrurier qu'elle connaissait, au coin de la rue, Maggi vit que quelque chose était inscrit sur la porte. Elle enfila ses lunettes - sa vue en effet n'était plus très bonne – et lu : « fermé pour cause de deuil ». Que cela tombait mal. Tant pis, elle irait en chercher un autre plus loin.

Elle se rendit dans le café le plus proche, commanda un thé et demanda à téléphoner :

- Je suis désolé Madame, lui dit le serveur, mais notre téléphone est en dérangement.
- En dérangement ? s'étonna Maggi
- Oui, depuis ce matin Madame lui répondit le serveur qui ajouta : Et avec ça ce sera tout ?
- Peut-être pourriez-vous m'indiquer un endroit d'où je pourrais téléphoner ? C'est que, voyez-vous, je n'arrive pas à ouvrir ma porte et je ne peux pas rentrer chez moi
- Vous n'êtes pas la première à qui cela arrive dit le serveur d'un air narquois, sans doute avez-vous été cambriolé. Plusieurs cas de cambriolages ont été signalés dans le secteur. Allez donc voir Francis, le boucher de la Rue Louis XVI, il est passionné de serrurerie, il pourra peut-être vous aider.
- Vous êtes bien aimable dit Maggi tout en payant l'addition que le serveur lui présentait.

Maggi prit donc la direction de la rue Louix XVI où elle trouva le boucher qui accepta de l'aider sitôt son magasin fermé.

Après la fermeture, Maggi et Francis prirent donc la direction de l'appartement de Maggi, situé, à proximité, rue de la République.

Une fois devant la porte, Francis hésita. Pour le décider, Maggi lui précisa que sa chatte était à l'intérieur et qu'elle devait mourir de faim. La voyant déterminé, Francis ouvrit la serrure facilement et entrebâilla la porte.

Des bruits provenant sans doute de l'intérieur leur parvinrent. Maggi étonné entra. Elle s'arrêtât sur le pas de la porte suffocante. Francis se précipita et lui apporta une chaise.

- Ca ne va pas ? Lui demanda-t-il. Mais Maggi ne répondit pas.

Comment cela se pouvait-il ? Se demanda-t-elle. Ce n'était pas possible. Ce n'était plus ses meubles, ce n'était plus sa décoration, les murs avaient changés de couleurs…Plus rien n'était pareil. Ce serait-elle trompée de porte. Non ! Cela faisait plus de 60 ans qu'elle vivait dans cet appartement. Mais, même l'appartement était différent.

Une porte s'ouvrit. Un jeune homme apparu dans l'encadrement dans une tenue plutôt légère. Maggi laissa échapper un « *oh !* » d'étonnement. Le jeune homme la fixa un moment quelque peu surpris par cette irruption dans son intimité, puis, se reprenant se présenta.

- Harry Hawks, Madame, Monsieur. Que puis-je pour vous ? Comme aucune réponse ne lui parvenait il osa demander « que faites-vous là ? »

Maggi n'en croyait pas ses yeux. Elle ne connaissait pas ce jeune homme, ne l'avait jamais rencontré.

- Comment ce que je fais là ? répondit-elle très en colère. Mais c'est à vous que je pose cette question. Vous entrez chez moi pendant mon absence, vous occupez les lieux, vous servez de mes affaires...et vous ose me demandez ce que je fais ici ?
- Mais je suis chez moi ici Madame lui répondit Harry. Et depuis maintenant 6 mois. J'y vis avec ma future femme. Nous sommes très heureux. Et personne jusqu'à présent n'est venue nous déranger de si outrageuse manière !

Maggi reprenant ses epsrits se leva de sa chaise, le remit à sa place et s'approcha du jeune homme et lui dit en le toisant :

- Voyez-vous Monsieur Hawks, j'habite ici depuis plus de 60 ans

Harry se mit à rire. Sans doute avait-il à faire à une vieille dame qui a perdu la tête. Il fit un signe imperceptible au serrurier que Maggi ne vit pas. Elle enchaine :

- Cela vous fait peut-être rire Monsieur, mais c'est pourtant la vérité !

Tout en parlant, elle observait la pièce, et tout en faisant le tour, se mit à indiquer l'emplacement de se meubles. Pourtant décidément, plus elle avançait dans l'appartement et moins elle le reconnaissait. Le mur de la cloison entre la salle de séjour et la chambre avait été abattu et la pièce lui paraissait plus ronde, plus basse de plafond aussi. Elle eut l'idée de se pencher par la fenêtre, elle eût un sursaut : elle ne donnait pas dans sa rue. Ce n'était plus sa rue, plus rien n'était pareil. Elle pensa qu'elle devenait folle. Elle regarda autour d'elle et se précipita vers la sortie. Il fallait qu'elle s'en aille au plus vite, elle avait remarqué, en effet, l'absence du serrurier parti subrepticement à la suite du geste de Harry.

Devant la porte, elle s'arrêta net : deux hommes en blouses blanches l'attendaient. Elle ne savait plus ce qu'elle faisait. Elle regarda de l'autre côté, un jeune l'empêchait de passer bloquant l'encadrement de la porte.

Alors, en désespoir, elle se précipita corps perdu sur les deux infirmiers et se débattit quelques instants, autant que ses faibles forces le lui permettaient.

Puis, sentant ses jambes se dérober sous elle, elle s'endormait. Dans un sursaut elle eut la force de demander « Pourquoi ? » d'une voix faible et méconnaissable. Puis, elle perdit connaissance.

Chapitre 3

Lorsqu'elle se réveilla. Quelle heure pouvait-il bien être ? Maggi ne savait pas. Le soleil brillait. Elle se dit qu'elle n'avait dû dormir que quelques heures.

Elle eut la stupéfaction de se retrouver allonger sur une chaise longue.

Elle regarda autour d'elle. Devant elle s'étendait un grand parc, remplit d'arbres et de verdures où plusieurs personnes de son âge se distrayaient de différentes manières : certain s'adonnaient aux jeux de société, d'autres pratiquaient le tennis et le piquet, d'autres enfants, comme elle, étaient allongées sur une chaise longue et bronzaient au soleil.

- Quelle belle journée lui dit sa voisine de droite. Vous vous êtes bien reposée ?

Maggi se retourna vers elle. Elle répondit affirmativement par politesse, puis lui demanda qu'elle heure il était.

Sa voisine ne le savait pas. Ici, on vivait sans montrer. Le temps passait agréablement.

Maggi insista :

- Il y a longtemps que vous êtes ici ?

Sa voisine la regarda étonnée.

- Nous avons pris le thé ensemble ce matin ! Vous ne vous en souvenez pas ?

Notre thé ensemble ! Non décidément, Maggi ne se souvenait pas. Comme elle ne se souvenait pas non plus d'ailleurs ce qu'elle avait fait avant de s'endormir.

Deux infirmières s'approchèrent d'elles. Maggi eut un sursaut de surprise, puis se ressaisit. L'une des infirmières lui demanda si elle s'était bien reposée, puis la pria de les accompagner.

Maggi hésita. Puis, se rendant à l'évidence qu'elle ne pouvait pas faire autrement, les suivit.

Elles entrèrent dans un immense hall, entièrement blanc, avec des barreaux aux fenêtres.

- Je suis chez les fous ! se dit-elle.

Elles gravirent quelques marches, puis arrivèrent devant un ascenseur. Une fois à l'intérieur, une infirmière lui banda les yeux mais Maggi eût le temps de voir la main de l'infirmière appuyée sur le dernier bouton.

Quelques minutes plus tard, la porte de l'ascenseur s'ouvrit et on la conduisit, à travers un dédale de couloir qui tournaient et retournaient dans les sens inverse, tant et si bien que Maggi eut l'impression qu'on la faisait tourner en rond afin qu'elle ne puisse pas repérer son chemin.

Enfin, elle entendit une porte s'ouvrir. Une fois à l'intérieur, on l'a fit s'allonger sur un lit. Elle sentit qu'on lui mettait des sangles autour des chevilles, de la taille, des poignets et du cou. Après quoi, on lui ôta son bandeau.

La pièce où se trouvait Maggi était vaste, blanche, tout comme le hall et l'ascenseur. Un bureau occupait un coin de la pièce et de multiples seringues et appareils médicaux traînaient ça et là.

Cette fois, Maggi en était certaine, elle était internée...Mais pourquoi ? D'ailleurs, la femme qui lui avait parlé dans le jardin ne paraissait pas folle. Et pourquoi tout ces gens qu'elle avait aperçu étaient-ils si âgés ?

Les infirmières laissèrent la place à un homme d'âge mur.

- Où suis-je ? lui demanda Maggi
- Vous ne vous rappelez pas lui répondit-il d'une voix calme et rassurante. Ne vous inquiétez pas, vous avez eut un petit malaise ce matin en prenant votre thé, mais sans gravité. Votre compagne, Madame Dinon, nous a heureusement avertit à temps. Comment vous sentez-vous ?
- Bien répondit Maggi. Mais pourquoi m'attacher ainsi ?
- Parce que nous allons vous faire une piqure et que vous n'aimez pas les piqures Madame Martin.
- Comment ? Mais je ne m'appelle pas Martin. Mon nom est Leduc. Je m'appelle Margareth Leduc.

L'homme en blouse blanche garda le silence. Maggi enchaina.

- Qui êtes-vous ?
- Je suis le Docteur Simon et je vous ai soigné depuis votre arrivée.
- Depuis combien de temps suis-je ici ?
- Un peu plus de 6 mois.

Maggi réfléchit. Était-ce une coïncidence que justement le jeune homme de son appartement avait dit y habiter depuis environ 6 mois ?

Le Docteur reprit.

- Quand on vous a amené ici, vos papiers portaient le nom de Martin Elisabeth. Il arrive fréquemment que des malades comme vous, aies des petits problèmes de mémoire et prennent l'identité d'une autre personne. Un nom qui leur a plu dans un roman ou un film. Vous allez voir, tout va bientôt rentrer dans l'ordre.

Une infirmière entra portant une seringue à la main qu'elle donna au Docteur Simon. Il s'approcha de Maggi et lui injecta le contenu de la seringue dans le bras. Maggi se débattit, puis sombra dans un profond sommeil.

Elle se réveilla plusieurs heures plus tard. Elle était dans une chambre aux murs blancs, couchée dans un lit blanc, avec des draps blancs. Elle hurla : « non ! ».

Une infirmière accourut. Puis, après lui avoir fait une nouvelle injection, lui demanda de se reposer.

Chapitre 4

Maggi dormit longtemps. Elle entendit pourtant la porte de sa chambre s'ouvrir. Elle fit semblant de dormir et surpris ainsi une conversation entre le Docteur Simon et une infirmière.

- Bien, disait le docteur. Vous espacerez les injections toutes les 2 heures maintenant. Prévenez ses voisines de chambre qu'elle se repose et qu'elles ne la reverront que dans quelques jours. Visites interdites.

On lui rit le bras. Maggie ne bougea pas. Puis s'endormit à nouveau.

Un bruit la réveilla. Elle avait soif, très soif. Elle voulut se lever, mais elle ne le pu. Pourtant il le fallait, il fallait qu'elle sorte d'ici coute que coute.

En faisant un énorme effort, elle tenta de descendre de son lit, mais entendant des pas dans le couloir, elle se rallongea.

Le Docteur Simon s'approcha d'elle. Puis, après une auscultation rapide décida que l'injection pouvait attendre.

- Dans 3 heures vous viendrez, cela sera suffisant, dit-il à l'infirmière qui l'accompagnait

Maggie ouvrit les yeux, elle les vit sortir et entendit des voix.

- Bonne nuit Mademoiselle
- Bonne nuit Docteur

Les pas s'éloignèrent. Maggie n'entendit plus aucun bruit.

Elle se leva, se dirigea vers le lavabo et bu à grosses gorgées. Elle se sentit faible. Ses vieilles jambes étaient molles et ne la portaient qu'à grand peine.

Elle ouvrit la porte : où pouvait-elle bien être ? Sans doute au dernier étage, la charpente en cornait du toit le lui faisait croire. Elle hésita : de quel côté allait-elle aller ? Elle irait à gauche, son intuition le lui disait, c'est par là qu'elle trouverait l'ascenseur.

Elle avança jusqu'au tournant du couloir et vit de la lumière. L'ascenseur était bien là mais, devant, un jeune infirmer remplissait des fiches. Comment faire pour atteindre l'ascenseur sans qu'il la voit ? Une sonnerie retentit. Le jeune homme se leva, prit l'ascenseur et disparu.

Maggi alors assembla le peu de force qui lui restait. Prendre l'ascenseur était risqué mais elle ne connaissait pas d'autres chemins et, en plus, ses jambes ne la porteraient pas si elle descendait l'escalier.

Elle appela donc l'ascenseur. Elle avait peur. Son cœur battait si fort qu'elle avait l'impression qu'il allait sortir de sa poitrine.

Un petit déclic lui indiqua que l'ascenseur était là. Les portes s'ouvrirent. Personne à l'intérieur…Maggi poussa un « ouf » de soulagement.

Alors sans vraiment savoir ce qu'elle faisait, elle entra dans la cabine, appuya sur le dernier bouton comme elle avait vu l'infirmière le faire : 6ème sous-sol. A cette idée Maggi eut froid dans le dos. Et si elle rencontrait quelqu'un que ferait-elle ?

Déjà l'ascenseur traversait les paliers successifs. Puis après de longues minutes s'arrêta.

Etait-elle arrivée ou bien quelqu'un d'autre allait-il entrer dans la cabine ? Elle attendit. Les portes de l'ascenseur s'ouvrirent. Personne. Elle quitta l'ascenseur. Tout était blanc, infiniment blanc. Elle se retrouva u milieu d'un labyrinthe, prit des couloirs ouvrit des portes. Personne.

Soudain elle entendit des voix. Elle ouvrit une porte et s'engouffra dans une pièce sombre. Les voix se rapprochèrent. Maggi se cacha dans un recoin. Puis, les voix s'éloignèrent.

Elle sortit de sa cachette. Au fond du couloir, elle crut apercevoir une porte. Maggi se dirigea vers elle. Elle l'ouvrit et reconnut le bureau, plus loin le lit auquel on l'avait attachée. Une petite porte qu'elle n'avait pas remarquée alors donnait dans la pièce.

Quel ne fut pas sa surprise de voir assemblé, les uns dans les autres, des dizaines de boites à fichiers. Peut-être se dit-elle je vais trouver ici la réponse à toutes mes questions.

Elle ouvrit une de boites à la lettre « L ». Des dizaines de fiches apparurent. Elle feuilleta : Lecin, Lecoeur, Lecol, Ledyn…Leduc ! C'était sa fiche : elle portait même sa photo !

C'est alors qu'elle se rappela que le Docteur l'appelait Elisabeth Martin. Elle chercha le fichier des « M ». L'ouvrit. Elle tremblait. Soudain, elle trouva un dossier du nm d'Elisabeth Martin.

Maggi sortit le dossier qu'elle posa sur la table centrale. Elle resta pantois : sur la première page état indiquée « alias Margareth Leduc ».

Voilà la preuve qu'elle cherchait ! Elle n'était pas folle ! Elle n'était pas non plus dans un asile. Ou pouvait-elle bien être ?

Elle ouvrit le dossier : il était vide ! Elle prit celui sur lequel était marqué Leduc : elle tourna les pages du dossier et découvrit son extrait de naissance, sa vie, son travail, elle était directrice d'école.

Une note, tapée à la machine, attira son attention : elle indiquait « cessation d'activité : 30/4 ». Quelle date étions-nous ?

Elle retourna sur ses pas et regarda le calendrier qui était sur le bureau du Docteur : le 2/5 !

Mais alors, elle ne pouvait pas être là depuis 6 mois comme on voulait le lui faire croire puisqu'elle était en retraite depuis 2 jours !

Elle revient en hâte dans la pièce et continua à feuilleter le dossier. Une photo attira son attention. Machinalement, elle la retourna. Au dos, elle portait l'inscription : « opération prévue pour le 5/5 à 18h ».

Une opération ? Quelle opération ? Elle allait refermer le dossier lorsqu'elle remarqua une feuille collée sur la page de garde. Maggi lu ce qui était inscrit sur le papier. Elle se sentit mal et s'écroula.

Chapitre 5

Plusieurs minutes s'écoulèrent avant qu'elle reprit connaissance. Elle regarda autour d'elle et vit la même pièce. Elle se releva péniblement.

Elle ne comprit pas de suite ce qui lui arrivait. C'est alors qu'elle se rappela l'inscription sur la feuille : elle avait, eu devant ses yeux, son certificat de décès ! Elle était morte le 1/5 à 19h !

Elle sourit en pensant que c'était un drôle de jours pour mourir pour quelqu'un qui avait travaillé toute sa vie.

Alors c'était donc ça la mort ? Pourtant, elle se sentait encore bien vivante.

Des pas dans le couloir la firent sursauter. Elle rangea précipitamment les dossiers dans les fichiers et éteignit la lumière. Quelqu'un entra dans le bureau.

- Il faut la retrouver. Et vite ! entendit-elle

Maggi crut entendre des pas s'éloigner en courant.

Elle entrouvrit la porte qui donnait sur le bureau. Elle reconnut le docteur. La sonnerie du téléphone retentit. Maggi tendit l'oreille.

- Fouillez partout. N'omettez aucun recoin. Elle ne peut pas être loin vociférait-il.

Puis le silence régna quelque instant. Et la porte s'ouvrit dans la pièce à côté. Une infirmière rentra.

- Que faisons-nous du nouvel arrivage Docteur ? demanda-t-elle
- Prenez les dossiers et faites comme d'habitude, répondit le docteur nerveusement.

Quand la porte de la pièce où elle se cachait s'ouvrit, Maggi comprit que c'était fini.

L'infirmière entra dans la pièce pour chercher les dossiers. Elle alluma la lumière et vit Maggi là debout devant elle.

- Elle est là Docteur cria-t-elle

Le Docteur Simon accourut. Maggi le regarda, lasse, fatiguée et terriblement choquée. Elle s'avança près de lui :

- Je suis à vous docteur dit-elle doucement, entièrement vous.

Il la regarda longuement, se dégoutant de faire un tel métier. Maggi interrompit ses songes et lui demanda.

- Pourquoi faites-vous cela Docteur ? Pourquoi ?
- Voyez-vous madame, il lui prit le bras et la conduisit près du lit sur lequel il lui fit signe de s'allonger, comme vous le savez peut-être, l'Etat ne peut plus payer les retraites. Or, les retraités sont de plus en plus nombreux et il fallait trouver une solution. On avait

déjà reculé l'âge de la retraite à 80 ans en raison de la longévité croissante de la population mais cela s'est avéré insuffisant. Alors certains ont eu l'idée de supprimer les retraités seuls et sans enfant, et qui n'ont donc personne pour les réclamer.
- Comment vous y prenez-vous ?
- Plusieurs options ont été tout d'abord envisagées. Celle qui a été retenue est de faire disparaitre ces personnes en les faisant passer pour mortes et pouvoir ainsi agir facilement. Une fois les formalités faites, nous les amenons dans ce soi-disant asile ou, grâce à la chirurgie esthétique nous transformons un peu leur visage avant de vous faire perdre totalement la mémoire. Nous recréons ainsi une communauté de personnes retraités recommençant une nouvelle vie.
- Dans quel but ? Questionna Maggie. Nous vous coutons aussi cher qui si nous vivions tranquillement notre retraite ?
- Mais non madame Leduc, dans la réalité l'Etat devrait vous payer une pension et il n'en a pas les moyens. Alors qu'ici vous nous servez de cobaye : nous expérimentons sur vous les dernières inventions issues de la recherche. Beaucoup ne survivent pas aux essais. Mais ceux qui s'en sortent vivent ici des jours heureux avant leur fin.
- Fin dont vous décidez la date, le jours et l'heure bien évidemment
- Bien entendu.
- Et vous faites tout cela en accord avec l'Etat ?
- L'Eta madame a besoin de cobayes, mais peu de gens acceptent de subir des expériences alors qu'ils sont en bonne santé. Et on ne peut pas prendre des jeunes qui sont utiles à la société. Alors que les retraités n'ont

plus d'utilité, il puise dans les caisses de l'Etat déjà vide…En les transformant en cobaye, ils deviennent utiles pour le devenir de l'humanité.

Déjà, le Docteur Simon avait pris le bras de Maggie. Il l'a regarda longuement.

- Vous comprenez que personne ne doit savoir cela. Vous en savez trop maintenant. Croyez-moi, je le regrette car vous êtes vraiment très sympathique. C'est la première fois que je rencontre une vielle dame qui, à mes yeux, était encore utile. Vous auriez pu être heureuse ici. Après un silence, il ajouta : vous êtes prête ?
- Dire que je rêvais de vivre une retraite paisible et heureuse dit Maggie en guise de réponse. Je suis prête Docteur. Puis le regardant, elle murmura : et je l'aimais bien cette vie, avant de s'endormir à jamais dans les ténèbres de sa mémoire.

Gipsy, le petit teckel

Partant en vacances à l'étranger pendant quelques jours, des voisins et amis qui habitaient la propriété voisine, m'avaient demandé de garder leur petit chien, Gipsy, le temps de leur absence. Je n'ai pas hésité une seconde.

Bien m'en a pris car j'ai ainsi eu l'immense bonheur de connaître l'amour sincère et désintéressé d'une bête aussi touchante et affectueuse que pouvait être ce petit teckel.

J'ai connu Gipsy alors qu'il était tout petit et qu'il ne tenait que dans le creux de mes mains. Ses maitres venaient d'arriver dans la maison voisine. Je le gardais souvent pendant qu'ils étaient en déplacement. Une petite boule de poils espiègle et nerveuse, un peu cabochard déjà à ses heures.

Vif, agile, coquin, il nous arrivait souvent de le perdre lorsqu'espiègle, il jouait à cache-cache dans les recoins les plus secrets de la maison quand ses maîtres et lui venaient me rendre une petite visite.

Comme pour nous dire, *« ce soir, je reste ici, je fais une soirée pyjama avec Sophie »*.

Souvent, il aimait me tenir compagnie et se blottir sur mes pieds, sous mon bureau, pendant que j'écrivais. Ou bien il posait sa petite tête sur ma cuisse avec ses 2 pattes avant et me regardait implorant mes caresses.

Attendrie, je m'accomplissais soigneusement et s'en suivait un petit jeu nerveux qui agitait Gipsy dans tous les sens, m'agrippant la main avec ses crocs gentiment posés et réclamant, encore plus, d'effusions affectueuses.

Gipsy était un teckel hors du commun. Bien que je sois consciente que tous les maitres doivent penser la même chose de leur animal de compagnie. Mais, à Gipsy, il ne manquait que la parole.

Il aboyait rarement préférant un grognement rauque et sourd accompagné d'une mimique qui faisait bouger sa petite tête sur le côté en signe d'imploration…

Comment résister à tant de charme !

Il avait un caractère de chien, était cabochard à souhait, mais avec un cœur d'or, capable de toutes les effusions d'amour mais aussi de tous les caprices possibles et inimaginables.

Quand il voulait se promener, il venait dans mon bureau en m'apportant sa laisse dans sa gueule. Il la déposait doucement à mes pieds avec un grognement si injonctif que je devais abandonner mon travail pour me soumettre à son désir.

De toute façon, il n'était plus possible de travailler avec un petit animal de 3kg se lançant dans une danse de Saint Guy incontrôlée à côté de vous jusqu'à ce que vous cédiez à ses désirs.

Je laissais donc mon travail et nous allions nous promener, ce que je faisais, je l'avoue, avec le plus grand plaisir.

C'était un chien attachant, si tendre que, au fond, je peux dire aujourd'hui qu'à l'époque, c'était mon seul vrai ami. Pendant que j'écris ces lignes, je le revois, joueur et caressant, toujours là quand il fallait, ressentant mes propres malaises, sachant mieux que moi parfois, percevoir derrière un silence, un sentiment de mal être.

Alors, comme par respect, quand il sentait qu'il ne fallait pas insister, il s'approchait de la fenêtre ouverte – je l'ouvrais très souvent – et penchait sa petite tête sur le rebord la laissant reposer sur ses petites pattes et il regardait les passants dans la rue. Il pouvait rester comme ça de longues minutes sans bouger sans rien dire et par sa seule présence et me remontait le moral.

Ce qui lui plaisait surtout dans ces moments-là, c'était d'être près de moi, ce qui me valait la jalousie de ses maîtres qui ne comprenaient pas notre attachement mutuel.

Il faut dire que c'était inexplicable pour moi aussi, mais encore maintenant il me manque beaucoup.

Il apportait de la gaieté et de la simplicité à ma vie et une note d'humour qui colorait mes journées de soleil quand il était là.

Comme il venait souvent chez moi, ses maitres étant fréquemment en déplacement, je lui avais réservé un petit coin à lui pour qu'il puisse être tranquille et qu'il se sente chez lui.

Je me rappelle qu'un jour, ayant violemment ouvert la porte de la cuisine pour me chercher un verre d'eau, je l'ai fait sursauter alors qu'il était tranquillement allongé dans son couffin à faire la sieste.

Doucement, il tourna la tête vers moi, ouvrit ses petits yeux et me lança des éclairs en me toisant quelques secondes. Juste assez longtemps pour que je m'exclame :

- Oh pardon Gipsy, je ne savais pas que tu dormais, je suis désolée ! accompagnant mes excuses d'une petite caresse sur le ventre.

Alors, content probablement de mes excuses et de se sentir le chef, il reposa sa tête dans sa position de départ et reprit sa sieste dans sa positions favorite, les pattes légèrement repliées sous le ventre.
Ce chien savait indiscutablement se faire respecter.

Quelques jours avant le départ définitif de ses maîtres à l'étranger en raison de leur mutation professionnelle, cette période, prit, pour Gipsy une couleur particulière, sans doute pressentait-il les évènements à venir.

Pendant les quelques semaines qui précédèrent leur départ, Gipsy venait tous les jours chez moi me rendre une longue visite.

Il passait le plus clair de son temps dans mon bureau, faisait la sieste à mes côtés, me suivait quand je me rendais dans une autre pièce de la maison épiant chacun de mes gestes.

L'héritier

L'annonce avait été faites la veille au soir. Le chambellan avait fait une déclaration solennelle lors d'une conférence de presse : le château allait avoir un héritier !

A l'annonce de cette nouvelle, la foule poussa un cri d'enthousiasme. Une « *holà* » traversa tous le pays et les cris de joie traversèrent les frontières, dépassant les limites de la petite ville.

Depuis longtemps on attendait cette nouvelle. Chacun se désespérait de savoir le château sans héritiers au point que le chatelain avait déclaré qu'il abrogeait le droit de supériorité des enfants mâles sur les enfants femelles et que le droit d'ainesse l'emporterait quel que soit le sexe de l'enfant !

Ce soir, le village est en fête : des guirlandes multicolores bordent, de part en part, la grande place carrée, marquant le centre du village. Des centaines de fleurs sont déposées sur les marches du château créant ainsi un tapis multicolore. Une kyrielle d'offrande arrive de tous les pays alentour pour fêter longue vie au jeune hériter du trône.

Le cœur des villageois bat fébrilement et, tout au long de la nuit, ils veilleront jusqu'à la naissance du nouveau-né.

Les conversations allèrent bon train :

- Tiendra-t-il de son père ?
- Si c'est une fille, j'espère qu'elle aura la beauté de sa mère !

Soudain, les cloches de l'église se mirent à sonner dans un tintement joyeux et victorieux : l'enfant est né ! c'était un garçon ! un héritier mâle pour le château !

Sans se concerter, la foule se regroupe autour de la porte de la conciergerie attendant, comme le voulait la tradition que l'enfant leur soit présenté, comme s'il était donné en offrande à cette foule qui l'aimait déjà et qu'il allait servir avec honneur et courage.

La grosse porte en bois s'ouvrit et le chambellan sorti portant dans les bras le bébé enveloppé d'un habit à capuche pour qu'il ne prenne pas froid.

La foule, en liesse, cria des « Viva ! », des « hourras ! ».

Le chambellan porta le bébé au-dessus de sa tête en signe de victoire et les cris redoublèrent.

Comme il était heureux cet homme et comme son bonheur allait droit au cœur des villageois présents.

De longues minutes, le chambellan porta ainsi l'enfant en signe de triomphe et à chaque fois, des cris de joies redoublèrent dans la foule amassée devant le parvis.

Puis, le chambellan fit un signe de remerciement et rentra dans la conciergerie du château.

La foule se dispersa. Tous étaient heureux et confiant dans l'avenir : le château était sauvé : son concierge avait maintenant un hériter !

Table des matières

Le passage 28

Gipsy, le petit teckel 29

L'héritier 33